ESTE LIBRO
ES PARA TI

ESTE LIBRO ES PARA TI

Isaac García Mainar
Ilustraciones de **Furia**

ALBA

Para Candela, porque en cada libro
hay un nuevo mundo por descubrir.

A Carla no le gusta leer. Es aburrido. Ver la televisión, jugar con muñecas o videojuegos es mucho más divertido. Por eso Carla no entiende por qué su madre le ha comprado un libro nuevo. Ni siquiera es su cumpleaños, y, puestos a elegir, ¿por qué no le compra la casita de muñecas que tantas veces le ha pedido?

Además, el libro es muy molesto porque siempre aparece en los lugares más insospechados: en su mochila, en medio de su habitación... incluso en un banco del parque. Allí donde mira, está el libro con su título bien reluciente: *Este libro es para ti.*

«¡No! ¡Ni este ni ningún libro es para mí!», piensa Carla.

Carla tiene muchos problemas para hacer algo tan aburrido como leer. Está pasando una temporada difícil. Aina, su mejor amiga, con quien ha ido a clase desde parvulario, parece que no le hace mucho caso. Se junta más con Gala, la chica más aplicada del cole, que lee y dibuja mucho mejor que Carla.

Encima, sus padres le ponen muchas normas y Hugo, su hermano pequeño, es el centro de todas las miradas en casa, sobre todo de su madre. Esto hace que Carla esté siempre de mal humor, sea desobediente y contestona. Y cada vez que su amiga Aina se acerca a ella, Carla se pone gruñona y antipática.

Un día su mal genio le juega una mala pasada. Hugo quiere un muñeco con el que ella está jugando y su madre le pide que se lo preste un ratito. Como su madre le insiste, Carla le tira el muñeco a su hermano a la cabeza. Resultado: reprimenda y no va a jugar ni ver la televisión más ese día.

Triste y enfadada, Carla se ha quedado sola en su cuarto y ve, una vez más, el nuevo libro tirado en el suelo. Sin nada más que hacer, se acerca a él y lo abre con poco interés. Pero el título *El duende gruñón* llama su atención y empieza a leer:

Había una vez un duende gruñón que trataba mal a los otros duendes y nunca colaboraba en nada. Los demás, extrañados, le preguntaban qué le pasaba.

–¡Dejadme en paz! ¡No os aguanto! –contestaba.

Los demás duendes insistían porque no comprendían su actitud.

–¡Prefiero estar solo! ¡Así nadie me molesta y puedo hacer lo que me dé la gana!

El duende estaba frustrado porque los hechizos no le salían bien. Lo había probado muchas veces, como cuando intentó que a una rana le salieran alas y solo consiguió un montón de plumas secas, o cuando trató de revivir una planta muerta y lo único que logró fue matar las de alrededor. Como a los demás sí les salían los hechizos, él refunfuñaba.

-Brr, brr, brr...

Aunque disimulase, la verdad era que se sentía muy solo y deseaba tener amigos, pero el orgullo le impedía manifestarlo. De esto se dio cuenta Mágica, la duende que hacía los mejores hechizos de la aldea, y un día le propuso un trato:

–Deja de lamentarte y sé más amable con los demás. Si lo haces, te enseñaré muchos hechizos.

Esta promesa venció la resistencia del duende gruñón, que enseguida dijo:

–¡Vale! ¡Trato hecho!

Y, al decirlo, no pudo ocultar una sonrisa de emoción. Mágica había detectado sus verdaderos deseos y le enseñó muchos y fantásticos hechizos. Pronto tuvo una rana con unas alas blancas hermosísimas y hasta un ratón que sabía hablar. Con su nueva actitud llegó a ser un miembro muy querido de la aldea y siempre intentó que ningún otro duende se sintiera solo nunca más.

Carla ha quedado tan sorprendida del final que lo ha tenido que releer para asegurarse de que, efectivamente, el cuento le hablaba a ella. ¿Cómo era posible? Pero, también, le extraña mucho otra cosa, y es que al final del cuento solo hay páginas en blanco. Y muchas... Por eso acude a su madre, que le asegura que lo devolverá a la librería para que lo cambien.

Mientras, inspirada por el cuento de *El duende gruñón,* Carla empieza a tratar mejor a Aina y a Gala. Les pide perdón por su comportamiento y logra que las dos se junten mucho más con ella. Así descubre que Gala es una niña muy buena y se convierte en una gran amiga suya.

Pero Carla sigue triste porque en la librería no quedan más ejemplares de su libro y porque su madre está más pendiente de su hermano Hugo que de ella. Aunque intenta no tratar mal a su hermanito, y ha aprendido a compartir sus juguetes con él, no deja de sentirse algo abandonada por su madre.

Pero un día, para su asombro, el libro vuelve a aparecer en su mochila. Carla no tarda ni un segundo en abrirlo y comprobar que hay un nuevo cuento titulado *El pequeño león* que dice así:

Había una vez un pequeño león que vivía feliz y tranquilo en la sabana. Estaba acostumbrado a recibir toda la atención de sus padres y se sentía muy querido.
Pero un día su madre tuvo una nueva camada de cachorros y, al ver que solo tenía ojos para ellos, el pequeño león sintió una gran tristeza.
-¿Juegas conmigo? -le preguntaba a su madre.
-Ahora no puedo, tengo que estar con tus hermanitos -le contestaba.

El pequeño león estaba triste y a veces lloraba a escondidas. Al verlo tan desanimado, su padre se acercó a él:
-¿Qué te pasa? -le preguntó su padre.
-Nada... -contestó disimulando.

Pero a su padre no lo podía engañar, él había sentido lo mismo cuando era pequeño. Así que le pidió que se acercase a observar a sus hermanitos mientras su madre los amamantaba.

–¿Ves lo pequeños que son? Apenas caminan solos ni se valen por sí mismos. Si no fuera por mamá, morirían.

El pequeño león reconoció que su padre tenía razón.

–En cambio, tú ya eres mayor, fuerte y listo –aseguró el papá león. Esto último animó al pequeño león, que asintió orgulloso y entendió que podía enseñar muchas cosas a sus hermanos y ayudar a sus padres a cuidarlos. Y así fue como se dio cuenta de lo afortunado que era de formar parte de una gran familia.

«¡Claro que sí!», piensa Carla, que ya no se extraña de que el cuento le hable. Simplemente sabe que tiene mucha razón y que ha sido injusta, tanto con Hugo como con su madre.

Pero, también, después de este cuento, solo encuentra páginas en blanco. Esta vez no le dice nada a sus padres, porque está segura de que volverán a aparecer más cuentos.

Carla ha ido cambiando su actitud gracias a lo que ha aprendido con los cuentos de su libro. Pero hay cosas que todavía le resultan muy molestas, como las continuas normas que le ponen sus padres para todo. Cada día tiene que lavarse los dientes, ir al colegio, hacer actividades extraescolares, recoger los juguetes... Además, le prohíben muchas cosas: no puede saltar en el sofá, pintar las paredes, tirar cosas al suelo, coger sin permiso juguetes de otros niños o comer muchos dulces. ¡Es un fastidio!

Entonces vuelve a encontrar el libro donde menos se lo espera. Y, como ya ha sucedido anteriormente, aparece un nuevo cuento titulado *El cochecito rebelde* que empieza a leer.

Había una vez un cochecito que estaba cansado de obedecer todas las normas de circulación y las señales de tráfico.

«¡Qué engorro!», pensaba.

Y es que estaba obligado a circular a la velocidad máxima permitida, pararse en los semáforos en rojo y seguir las indicaciones que marcaban las señales de tráfico. Y no solo eso, encima tenía que pasar por el taller cada cierto tiempo a hacerse revisiones.

-Pero ¿a quién le importa si voy o no al taller? -protestaba.

Así que, un día, agobiado por tanta norma, decidió rebelarse. Para empezar, superó la velocidad máxima permitida. Fue muy divertido. Iba mucho más rápido que los demás coches y se sentía libre.

-¡Ahí os quedáis! -decía, burlándose de los demás.

Envalentonado, vio un semáforo en rojo y se lo saltó. Pero, al hacerlo, chocó con un camión que cruzaba. Por suerte, el accidente no fue grave, pero una grúa tuvo que llevarlo al taller.

Y allí un policía le multó y le regañó.
–Sabes que las normas no existen por capricho, ¿verdad?
El cochecito negó arrepentido.
–Todas ellas tienen su función, sirven para que nos respetemos y nos ayudemos unos a otros. Sin ellas, el mundo sería más peligroso e injusto.
–Lo siento, señor policía, no lo volveré a hacer –contestó cabizbajo.

Pero, en confianza, el policía prosiguió.
–Esto no quiere decir que debas obedecer todas las normas sin pensar. Debes entender el motivo de cada una.
Esta explicación interesó mucho al cochecito rebelde, que, desde entonces, se dedicó a reflexionar sobre el sentido de todas y cada una de las normas que encontraba. Y, cuando fue mayor, consiguió mejorar algunas que no eran del todo justas.

Este último cuento no se lo puede quitar de la cabeza. Carla entiende que si sus padres le prohíben saltar en el sofá es porque se puede romper, y si le prohíben pintar en la pared es porque la pintura después no se podrá quitar. Y, como el coche con el taller, es importante que se cuide, se lave los dientes o vaya al cole todos los días.

Otros cuentos van apareciendo en el libro y, gracias a la lectura, Carla va progresando en el colegio. Lee, dibuja y escribe cada vez con más destreza y entiende mejor los conceptos que le enseñan en clase.

Pero un día el libro se acaba. Ya no hay más páginas en blanco, pasa el tiempo y no aparecen más cuentos. Triste como hacía mucho que no se sentía, Carla se lo explica desconsolada a su madre. Pero esta, comprensiva, la anima asegurándole que hay muchísimos libros y cuentos en el mundo.

–¿De verdad, mamá?
–¡Claro! Los hay de fantasía, de aventuras, de humor o, incluso, si te atreves, de terror.
–¡Qué miedo!
–Y con ellos se pueden aprender muchas cosas.
–¿Como en los cuentos de mi libro?
–¡Por supuesto!
–¿Y dónde están?
–¡En todas partes! En casa, en el cole, en la biblioteca, en la librería... ¡Hay tantos que nunca los podrás leer todos!

Esto último ha animado mucho a Carla, que se pone muy contenta. Pero, luego, le suelta una reprimenda a su madre. Al fin y al cabo, si a ella no le gustaba leer era, en parte, porque nunca los veía leyendo ni a ella ni a papá. Si tan bueno es leer, ¿por qué no lo hacen delante de ella?

La madre de Carla acepta la crítica y acuerdan que, a partir de ahora, cada día toda la familia dedicará un rato a leer juntos en casa. ¡Incluso el pequeño Hugo se atreve con sus primeros cuentos! Y tú, ¿cuál será el próximo libro que vas a leer?

ALBA

© de los textos: Isaac García Mainar, 2025
© de las ilustraciones: Furia, 2025

© de esta edición:
Alba Editorial, s. l. u.
Baixada de Sant Miquel, 1
08002 Barcelona
www.albaeditorial.es

Primera edición: marzo de 2025

ISBN: 978-84-1178-150-3
Depósito legal: B 2070-2025
Impresión: Liberdúplex, s.l.

Impreso en España

Este libro se acabó de imprimir en febrero de 2025
en los talleres de Liberdúplex, s.l.
Ctra. BV 2241, km 7,4
Polígono Torrentfondo
08791 Sant Llorenç d'Hortons
(Barcelona)